赤い鳥

2年生

赤い鳥の会：編

小峰書店

はじめに

「赤《あか》い鳥《とり》」は、名《な》だかい　作家《さっか》の　鈴木三重吉《すずきみえきち》が　大正《たいしょう》七年（一九一八）に　つくった　ざっしです。一九六さつも　でて、わが国《くに》の　どうわや　どうようを　世界《せかい》にまけない　りっぱなものに　しあげました。その　作品《さくひん》には、今日《こんにち》の　じどう文学《ぶんがく》の　手本《てほん》と　されているものが　たくさん　あります。「赤い鳥」に　かんけいのふかかった　わたしたちは、その中から　よいものばかりを　えらんで　六さつの　本《ほん》に　まとめました。これは　その　一さつです。

赤《あか》い鳥《とり》の会《かい》

もくじ

市居みか　装画
井口文秀　まほう
小沢良吉　ふうせんだまうり
深澤紅子　金魚うり
深澤省三　こうま
渡辺三郎　おふろ
早川良雄　ぞうさん／すずめの　たまご
　　　　　風の　ふく　日／風／ぶたの　子
杉浦範茂　ブックデザイン

赤い鳥 2年生

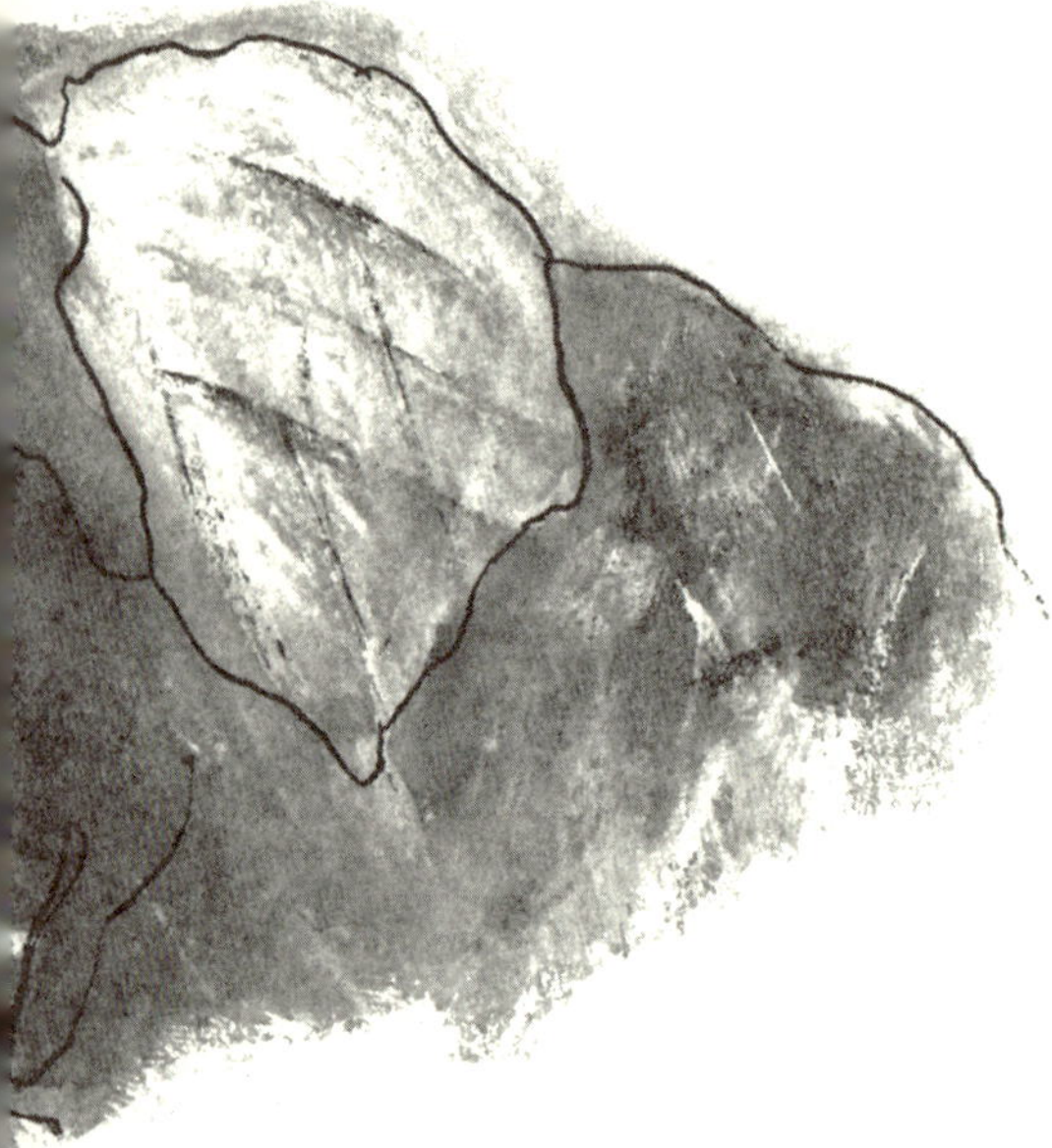

ぞうさん

北原《きたはら》白秋《はくしゅう》

どこからが、どこからが、
ぞうさん、あなたの　おはなでしょ。
――ひたいの　うえから　おはなです。

ないんでしょ、ないんでしょ、
ぞうさん、お口《くち》が　ないんでしょ。
――よこから　かがんで　みてごらん。

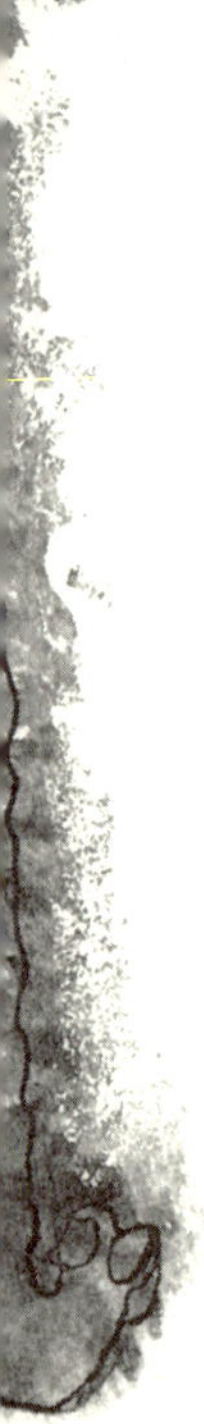

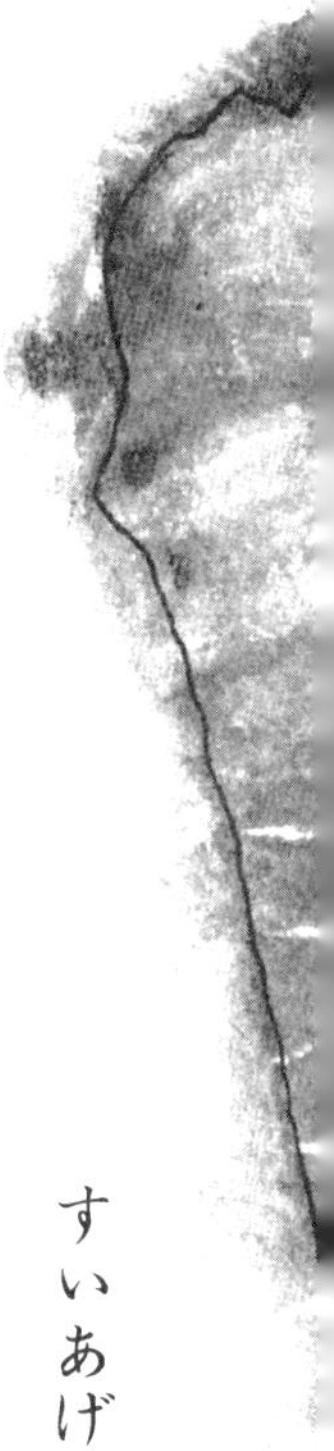

すいあげて、すいあげて、
ぞうさん、その　ゆか　どうするの。
——ほこりの　おそうじ、すっぷうぷ。

ほそい目《め》ね、ほそい　目ね、
ぞうさん、なにかが　みえますか。
——むこうの　かばさん　よう　みえる。

たいくつね、たいくつね、
ぞうさん、いちんち　なにしてる。
——ぼんやり　おはなを　ふってます。

金《きん》魚《ぎょ》うり

小《お》川《がわ》未《み》明《めい》

たくさんな　金魚《きんぎょ》の　子が、おけの　中で、あふ　あふとして　およいで　いました。からだじゅうが　すっかり　赤《あか》いのや、白《しろ》と赤の　まだらのや、頭《あたま》の　さきが、ちょっと　黒《くろ》いのや、いろいろ　あったのです。それを

まえと　うしろに　二つの　おけの　中に　いれて、かたに　かついで、おじいさんは、春《はる》の　さびしい　道《みち》をあるいて　いました。

この　おじいさんは、これらの　金魚《きんぎょ》を　なかがいや、おろしやなどから、かって　きたのでは　ありません。じぶんで　たまごから　ようせいしたので　ありますから、ほんとうに、じぶんの　子どものように、かわいくおもって　いたのです。

「これを　うらなければ　ならぬとは、なんと　かなしいことだろう」。
こう　おじいさんは、おもったのでした。
春《はる》の風《かぜ》は、やわらかに　ふいて、おじいさんの　顔《かお》を
なですぎました。道《みち》ばたには、すみれや、たんぽぽや、
あざみなどの　花《はな》が、ゆめでも　みながら　ねむってい
るように　さいて　いました。あちらの　のはらは、か
すんで　いました。
いろいろの　おもいでは、おじいさんの　頭《あたま》の　中に
あらわれて、わらいごえを　たてたり、また　かなしい

11　金魚うり

なきごえを　たてたかと　おもうと、いつのまにか、あとも　かたちもなく　きえてしまって、さらに、あたらしい、べつの　くうそうが、顔《かお》を　だしたのです。
人家《じんか》の　あるところまで　くると、おじいさんは、「金魚《きんぎょ》やい、金魚やい――」と、よびました。
子どもたちが、その　こえを　ききつけて、どこからか　たくさん　あつまって　きます。その　子どもたちは、なんとなく　らんぼうそうに　みえました。金魚のおよいでいる　中へ　ぼうを　いれて、かきまわし　か

ねないように　みえました。おじいさんは、そうした子どもたちには、うりたいとは　おもいませんでした。

「きれいな　金魚《きんぎょ》だね。」

「ぼくは、こいの　ほうが　いいな。」

「こいは、かわに　すんで　いるだろう。」

「いつか、ぼく、つりに　いったら、大きな　こいが、ぱくぱく　すぐ　ぼくの　つりを　して　いる　まえのところへ　ういたのを　みたよ。」

「赤《あか》かったかい。」

「黒《くろ》かった。すこし、赤《あか》かった。」

「うそでない。ほんとうだ。」

その　らんぼうそうな　子どもたちは、もう　金魚《きんぎょ》の　ことなんか　わすれてしまって、ぼうを　もって、せんそうごっこを　はじめたのです。

おじいさんは、わらい顔《がお》を

して、子どもたちが　むじゃきに　あそんでいるのを　ながめて　いましたが、やがて、あちらへ　あるいて　いきました。村《むら》を　はなれると、まつの　なみきの　つづく　かいどうへ　でたのであります。その　まつの木の　ねに　こしを　かけて、じっと、おけ

の　中に　はいっている　たくさんな　金魚《きんぎょ》の　すがた
を　ながめていました。こうして、おじいさんは、じぶ
んの　そだてた　金魚は、のこらず　めの　中に、はっ
きりと　はいっていたのです。

ながい　道《みち》を　おじいさんに　かつがれて、しらぬ
町《まち》から　町へ、村《むら》から　村へ　いく　あいだに、金魚は、
じぶんの　きょうだいや、ともだちと　わかれなければ
なりませんでした。そして、それらの　きょうだいや、
ともだちとは、えいきゅうに、また　いっしょに　くら

すことも　なければ、およぐことも　なかったのです。もとより　じぶんたちの　うまれて、そだてられた　こきょうの　小さな　いけへは　かえることが　なかったでしょう。

金魚《きんぎょ》は、なにも　いわなかったけれど、おじいさんは、よく、金魚の　こころもちが　わかるようでした。あまり　ながい、まい日の　たびに　ゆられて、中には、よわった　金魚も　ありました。そんなのは、べつの　うつわの　中に　いれて、みんなと　べつに　してやりま

した。なぜなら、たっしゃで、げんきの　いいのが　ばかにするからです。そのことは、ちょうど　人間《にんげん》の　しゃかいに　おけると　ちがいが　ありません。よわいものに　たいして、あわれむものも　あれば、かえって、それを　あざけり、いじめるようなもの

も　ありました。

おじいさんは、おけに　はなを　うたれたり、また　ゆられたために　よわった　金魚《きんぎょ》を　いっそう　かわいがって　やりました。

ある日のこと、おじいさんは　金魚の　おけを　かついで、

「金魚やい、金魚やい――」と、よびながら、小さな　町《まち》へ　はいって　きました。

そのとき、十二、三になる　少年《しょうねん》が、とある　一けん

の　家《うち》から　とびだしてきて、いきいきとした　目《め》で　おじいさんを　あおぎながら、

「金魚《きんぎょ》を　みせておくれ。」と　いいました。

おじいさんは、おとなしい、よい子どもだと　おもいましたから、

「さあ、みてください。」と、こたえて、おけを　おろして　みせました。

少年《しょうねん》は、二つの　おけの　中に　はいっている　金魚を　ねっしんに　みくらべて　いましたが、おじいさん

が べつにしておいた、よわった 金魚《きんぎょ》へ、やがて その 目《め》を うつしたのです。

「この まるい、おの ながい 金魚を ください な。」

と、子どもは いいました。

「ぼっちゃん、この 金魚は、いい金魚ですけれど、すこし よわっていますよ。」と、おじいさんは、目を ほそくして こたえました。

「どうして よわっているの?」

「ながい たびをして、頭《あたま》を おけで うって つかれているのですよ。」
おじいさんは、やさしい、いい子どもだと　おもって
みていました。
「ぼく、だいじにして、この　金魚《きんぎょ》を　かって　やろう
かしらん……」
「そうして　くだされば、金魚は　よろこびますよ。」と、
おじいさんは　いいました。
子どもは　まるい　おの　ながい、赤《あか》と白の　まだら
の　金魚を　かいました。そのほかにも　二、三びき

23　金魚うり

かって　家《うち》の　中へ　はいろうとして、

「おじいさんは、また、こっちへ　やってくるの？」と、

少年《しょうねん》は　ききました。

「また、らい年　きますよ。そして、金魚《きんぎょ》が　じょうぶで　いるか、お家へ　いって　みますよ。」と、いいました。

少年は、うれしそうにして、金魚を　いれものに　いれて、家へ　はいりました。おじいさんは、かわいがっていた　金魚の　ゆくすえを　おもいながら、人のよさ

そうな　顔《かお》に　わらいを　たたえて、にを　かつぐと　子どもの　はいった　家《うち》の　ほうを　みかえりながら　さったのでした。
「金魚《きんぎょ》やい、金魚やい――」
という　こえが、だんだんとおざかって　いきました。
おじいさんは、それから、い

ろいろの　町《まち》を　あるき、また　村《むら》を　まわって、春《はる》から、夏《なつ》へと　よびあるいたのです。こうして、じぶんのそだてた　金魚《きんぎょ》は、ほうぼうの　家《うち》へ　かわれて　いきました。

おじいさんから、よわった　金魚を　かった　子どもは　その　金魚を　いたわって　やりました。金魚は、きゅうに、みんなから　はなれて、さびしくなったけれど、しずかな　あかるい　水の　中で、二、三の　ともだちと　いっしょに　おちつくことが　できたので、だ

んだん　げんきを　かいふくして　きました。そして、
五日《いつか》たち、七日《なのか》たつうちに、もとの　じょうぶな　から
だと　なったのであります。
金魚《きんぎょ》は、水の　中から、にわさきに、いろいろの　さ
いた　花《はな》を　ながめました。また、ある夜《よる》は　やわらか
に　てらす　月《つき》の　ひかりを　ながめました。じぶんた
ちを　かわいがってくれた、おじいさんの　顔《かお》は　ふた
たび、みることは　なかったけれど、少年《しょうねん》は　まい日の
ように、水の　中を　のぞいて、えを　くれたり、あた

らしい　水を　いれてくれたり、しんせつに　してくれたのであります。金魚《きんぎょ》は、だんだん　おじいさんの　ことをわすれるように　なりました。
夏《なつ》が　すぎ、秋《あき》が　ゆき、冬《ふゆ》と　なり、そして　また、春《はる》が　めぐってきました。
ある日のこと、少年《しょうねん》は、そ

とにあって、

「金魚《きんぎょ》やい、金魚やい——」

と、いう　よびごえを　きいたのです。

「金魚うりが　きた。」と、いって、かれは、すぐに、家《うち》のそとへ　とびでてみました。

こころのうちで　まっていた、きょ年　金魚を　かった　お

じいさんで　ありました。

顔《かお》を　みると、おじいさんは　にっこり　わらいました。

「ぼっちゃん、きょ年の　金魚《きんぎょ》は　たっしゃですか？」

と、ききました。おじいさんは、この　子どもが、よわった　金魚を　だいじに　そだてようと　いって、かったことを　わすれなかったのです。

「おじいさん、金魚は、みんな　じょうぶで、大きくなりましたよ。」と、少年《しょうねん》は　こたえました。

「どれ、どれ、わたしに　みせてください。」と、いって、おじいさんは、やまぶきの　花《はな》の　さいている　にわさきへ　まわって、金魚《きんぎょ》の　はいっている　大きな　はちを　のぞきました。

「よう、よう、大きくなった。」と、いって、おじいさんは　よろこびました。

少年《しょうねん》は、おじいさんから、二ひき　金魚を　かいました。おじいさんは、べつに　一ぴき　いい金魚を　くれたのです。

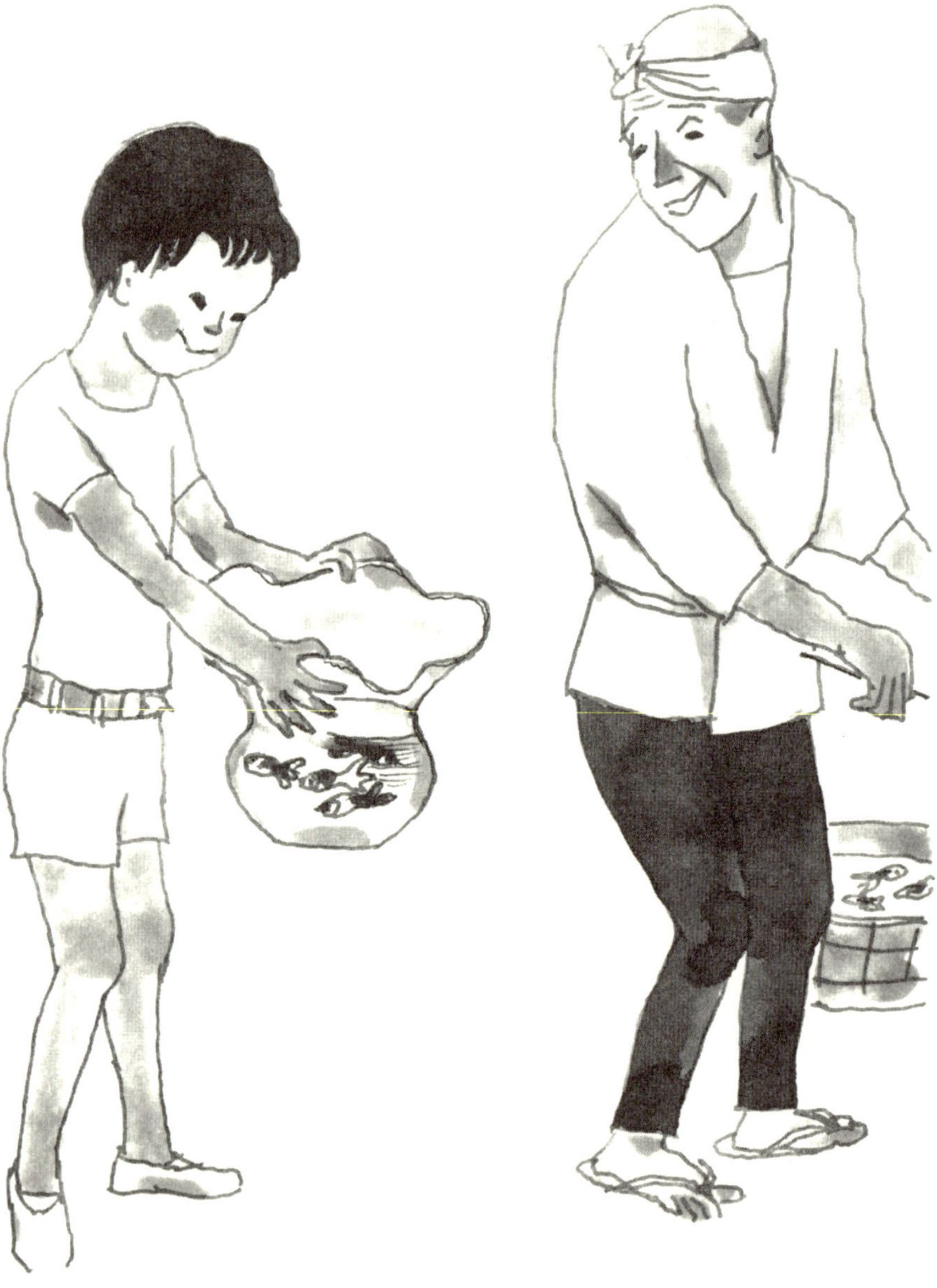

「おじいさん、また　らい年　こっちへ　くるの？」と、わかれる　じぶんに、少年《しょうねん》は、ききました。

「ぼっちゃん、たっしゃでしたら、また、まいりますよ。」

と、おじいさんは、こたえました。けれど　かならずくるとは　いいませんでした。おじいさんは、年《とし》をとったから、もう　こうして　あるくのは　なんぎとなって、しずかに、こきょうの　はたけで、ばらの　花《はな》を　つくって　くらしたいと　おもって　いたからで　あります。

（おわり）

すずめの　たまご

清水《しみず》たみ子《こ》

あさりは　すずめの　たまごだと、
小《ちい》さい　わたしは　おもってた。

海《うみ》に　うまれる　かいだって、
いくら　みんなが　いったって、
きっと　そうだと　おもってた。

だあれも　みてない　朝《あさ》　はやく
すずめが　おとして　いくんだと
わたしは　いつも　おもってた。

こうま

秋葉喜代子《あきばきよこ》

森《もり》の　うさぎちゃんが、小さな　小さな　おうまを　もらいました。うさぎちゃんは、まいにち　まいにち　その　うまに　のっては、村《むら》へ　でてきました。そして、とおりの　ひろばを、パカポコ、パカポコ、パカポコと、

くるくる　のりまわして　わんわんたちや、あたりのお家《うち》の　まどに　かけてある、かごの　中の　小鳥《ことり》たちに　みせみせして　いきました。おうまは、小さな　おみみを、ぴっと　たてて、すずしい　おめんめを　あげて、ポカポカ　ポカポカと　かわいらしく　ひづめを　ならして　はしります。うさぎちゃんは、それはそれは　だいとくいでした。

ところが、ある日、村《むら》の　おうらいを　はしっていく　とちゅうで、なにか、ちゃりんと、おうまの　足《あし》の　下

で　音《おと》が　しました。
「おや。」と　おもって、たちどまってみますと、小さな、うまの　かなぐつがおちています。うさぎちゃんは、「あっ。」と、いいながら　とびおりて、じぶんのおうまの　まえ足《あし》を　ひとつひとつ　もちあげてみま

した。
「ああ、この　おうまの
くつじゃ　ないのかな。」と、
こんどは　あと足《あし》の　かた
っぽうを　あげてみますと、
ちゃんと、くつが　はまっ
ております。
「まあ、よかった。」と、す
っかり　あんしんして、ね

んのために　もうひとつの　足《あし》を　ひきあげてみますと、その　足の　くつが　とれていました。

「ああ、ああ、どうしよう。ここのが　はずれたんだ。ああ　ああ　どうしよう。」と、いいいい、まごまごしていますと、そばの　お家《うち》の　女《おんな》の人が、

「うさぎちゃん　うさぎちゃん、どうしたの？　ああ、それなら　かじやへ　いくと　いいわ。」と、おしえてくれました。

「ほう、そうだ。」と、うさぎちゃんは、いそいで　かじ

やの　みせへ　おうまを　つれていって、
「もしもし、おじさん、おうまの　おくつが　ひとつ
とれたから、こしらえてくださいな。」と　いいますと、
かじやの　おじさんは　こまったように、
「いま　ちょうど、せきたんが　なくなってしまった。
せきたんが　なくちゃ　てつが　やけないもの。」と　い
いました。
「おやおや、どうしよう。」と、うさぎちゃんは、どぎま
ぎして　おうまを　そこへ　あずけておいて、とおりの

くだものやの　おみせへ　かけていきました。

「もしもし、おみせには　せきたんを　うっていない？　おうまの　おくつが　とれてしまったのだけれど、せきたんが　なくちゃ　てつが　やけないんですって。」といいますと、くだものやの　おじいさんは　わらって、

「なにを　いうのだ。うさぎさん。おれのところは、りんごや　ぶどうや、ジャムのようなものなら　あるけど、せきたんは　うらないよ。くだものやじゃないか。」といいました。

Y.120
Y.120

うさぎちゃんは、

「おやおや　よわったな。どうしたら　いいだろう。ああ　こまったな。」と　いいながら、とことこと　むこうへ　いきますと、ひとりの　おひゃくしょうの　人がくるまを　ひいてきました。

「もしもし　おじさん、わたしの　おうまが　おくつをおとしたので、てつを　やいて、こしらえてもらうのに、せきたんが　いるのですが、すこし　うってくれませんか。」と　うさぎちゃんが　たのみました。すると　おひ

やくしょうの　人は　へんな　顔《かお》をして、

「わたしは　いちばへ　むぎを　うりに　いくところです。だいいち、わたしは　せきたんなんぞは　つくりませんよ。」と　いいました。

　うさぎちゃんは、

「ああ　こまったな。どうしたら　いいだろう。どこかに　せきたんを　うっていないかなあ。あああ。」と　いいながら、また　とことこ　いきますと、おうらいの　はたに　すいしゃばが　ありました。

「もしもし、すいしゃばの　おじさん。わたしの　おうまの　おくつを　なくしたので、てつを　やいて　こしらえてもらおうと　おもっても、かじやの　おうちにせきたんが　ないんです。どうぞ　すこし　うってくださいな。」と、たのみました。すいしゃばの　人は　あきれた　顔《かお》をして、

「じょうだんを　おいいでないよ。すいしゃやに　せきたんが　あるものかい。」と　いいました。

「あああ　こまったな。どうしたらいいだろう。」と　い

いながら、うさぎちゃんは　また　ずんずん　いきました。

そうすると、むこうから　おばあさんが　がちょうをおいながら　でてきました。

「おばあさま　おばあさま。」と、さっそく　よびとめて、

「どうぞ　せきたんを　うってくださいな。わたしのおうまの　おくつを　こしらえてくれる　かじやさんが、せきたんが　なくては、てつが　やけないと　いいますから。」と　たのみますと、おばあさんは、にこにこして、

「おまえさん、せきたんなら、お山へ　いって、ちの下の　あなの　そこで　はたらいている　せきたんほりの　人に　そう　おいいよ。」と　おしえてくれました。
うさぎちゃんは、「ほほう、そうですか。それは、ありがとう。」と　よ

ろこんで、どんどん　お山へ　かけていきました。そして、せきたんほりの　はたらいている、ふかい　ふかい　あなの　中へ　おりていって　みますと、あなの　中は　まっくらなので、せきたんほりの　人は、ぼうしの　さきへ　ランプを

ぶらさげて、コツコツ　コツコツと　ほっておりました。

うさぎちゃんは、そのおじさんに、どっさり　せきたんを　もらって　おおよろこびで　村《むら》へ　かえってきました。

かじやの　おうちの　ま

えには、おうまが　ちゃんと　まっていました。かじやの　おじさんは、すぐに　その　せきたんを　もやしててつを　まっかに　やいて、
「トッテンカン、カンカンカン。トッテンカン、カンカンカン」と　たたき　たたきして、じょうずに　おくつを　こしらえてくれました。うさぎちゃんは、それをおうまの　足《あし》に　はめてもらい、にこにこ　おおよろこびで、とびのって　パカポコポコ、パカポコポコと、森《もり》へ　かえっていきました。

（おわり）

風《かぜ》の　ふく　日《ひ》

佐藤義美《さとうよしみ》

風《かぜ》の　ふく　日は
こんな　日は
風に　ふかれて
とぶ　すずめ。

あかるい　やぶから
林《はやし》から
三ばや　六ぱで
とばされる。

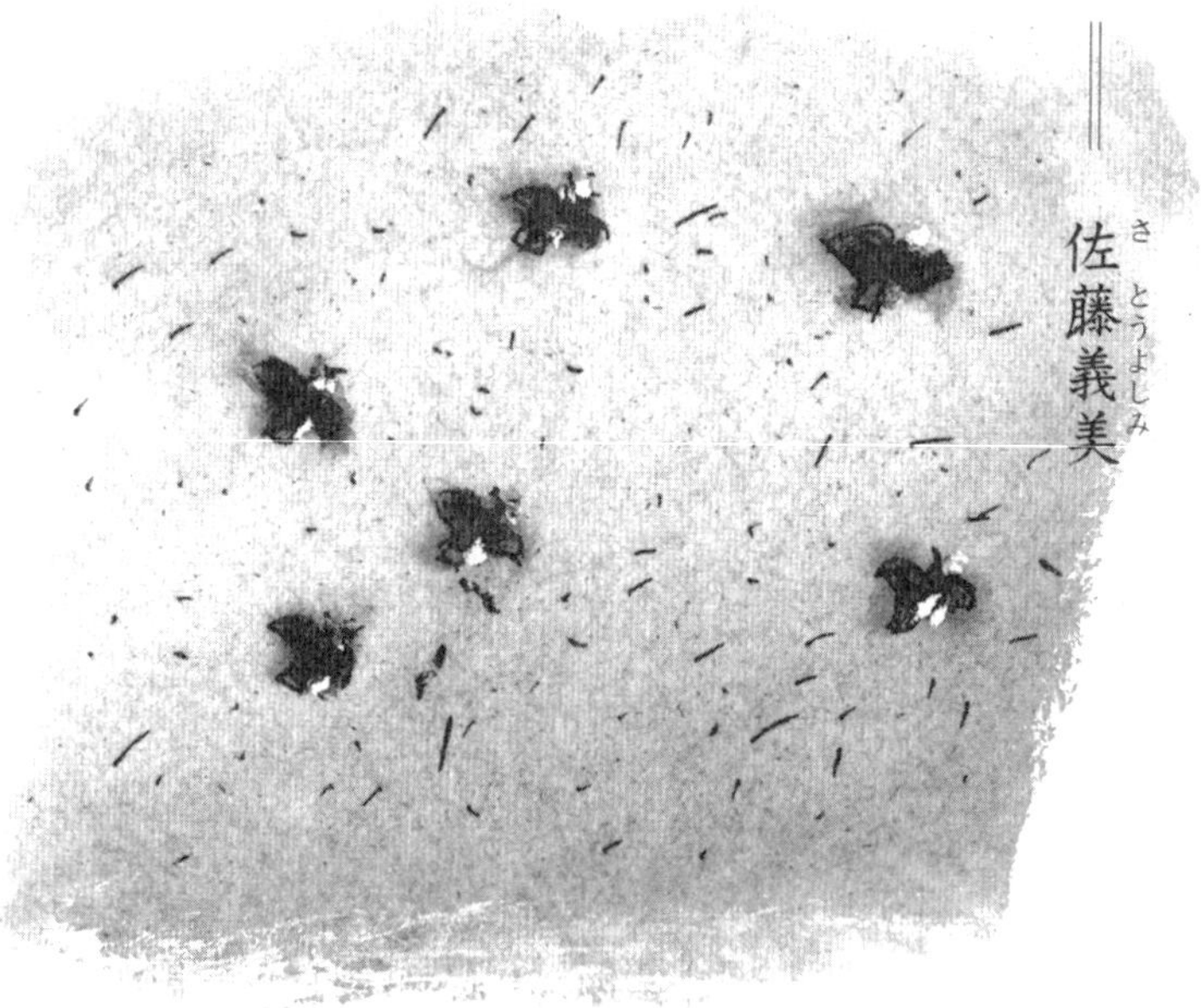

風の　ふく　日は
こんな　日は
すずめは　だれかに、
ほうられる。

おふろ

堤《つつみ》 文子《ふみこ》

一

れい子ちゃんと、きみ子ちゃんは 七つと 六つの、きょうだいです。ある ゆうがた、おかあさまが、

「きょうは、わたしは　いそがしいから、ふたりで　おふろへ　いってらっしゃい。もう　大きく　なったんだから、それくらい　できるでしょう？」と　おっしゃいました。

「ええ　ええ。」

「ねええ。」と、ふたりは　大よろこびで、とびあがりました。ふたりだけで　おふろへ　いくんですから、もう小さな　子では　なく、すっかり、おねえさまに　なったような　きがして、うれしくて　たまりません。ふた

りは　おおいそぎで、シャボンばこ、あらいこ、おかあさまが、えりから　あごへ　おつけになる　クリーム、それから、おしろいと、はけと、くしとを、がちゃがちゃと、メッキの　さげものに　いれ、手《て》ぬぐいかけから、手ぬぐいと、ゆあ

げの　大タオルを　ひっぱり　おろしました。

おかあさまは、いつも　おむこうの　赤《あか》ちゃんを　つれてって　おあげになります。れい子ちゃんと　きみ子ちゃんは、その　まねをして、キューピーちゃんを　つれていくことにしました。ふたりは　キューピーちゃんに、水色《みずいろ》の、ろの、ちゃんちゃんこに、くろじゅすのえりを　かけた、よそゆきのを　きせました。それから、おかあさまに　お金《かね》を　いただくと、

「いってまいりまぁす。」

「よく　気《き》をつけてね。」

「いってまいりまぁす。」と　大《おお》よろこびで　とびだして、おふろやの　まえまで、いきも　つかずに　はしりつづけました。

ふたりとも、きょうは、おかあさまが　なさるとおりに　じょうずに　やってこなければ、と　おもいながら、きどって、ばんだいへ　お金《かね》を　おきました。れい子ちゃんは　てばやく、きものを　いれる　ざるを　とって、「どうぞ。」と、きみ子ちゃんに　あげました。

「あら、どうも。」と、きみ子ちゃんは、すまして　えしゃくをしました。ふたりとも、きょうは　活動《かつどう》の　ビラや、うりだしの　こうこくなぞを　みあげたりなんかしません。ながしばへ　はいると、いつも　おかあさまの　なさる　とおりを　おもいだして、そのとおりにしました。

（活動《かつどう》＝えいがのこと）

二

ふたりは、いちど　おゆに　つかると、ながしばの

いっとう　おくへ　ばしょを　とって、まず、せなかを
ながしあいました。それが　すむと、れい子ちゃんが
キューピーちゃんを　お手《て》ぬぐいに　つつんで、また
おゆに　はいりました。
「すこし、ぬるめて　あげましょうね。赤《あか》ちゃんには、
ちっと、おきつうござんすね。」と、きみ子ちゃんは、い
っぱし、おばさまか　なんかのように　こう　いって、
水道《すいどう》の　せんを　ひねりました。
「まあ、おそれいりました。」と、れい子ちゃんは　おれ

いを　いいました。そして、
お手《て》ぬぐいで　キューピー
ちゃんの　おかおを、じゃ
ぶじゃぶと　あらって、
「ちょいと、おねえさま、
だっこしていてよね。」と、
キューピーちゃんを　きみ
子ちゃんに　わたしました。
そして、じぶんは、おかあ

さまが　いつも　なさる　とおりに、あごが　すれすれに　なるまで　おゆに　しずんで、お手《て》ぬぐいで、えりから、かたを　こすりこすり　しました。

ふと　みますと、じきまえの　よこの　ながしばにおとなりの　おばさまが、うしろむきになって、足をこすって　いらっしゃるのが　めに　つきました。

「きみ子ちゃん、おとなりの　おばさまが　いらっしゃるわよ。あすこ。」

「ああ、そうね。」

おばさまは、からになった　おけと、おゆが　シャボンだらけになっている　おけを　ならべて　おいでです。

「おゆを　くんで　あげなくちゃ　わるいでしょう？」

と、きみ子ちゃんが　小さな　こえで　ききます。

「むろん、くんで　さしあげるのが　ほんとうですわ。」

と、れい子ちゃんが　いいました。おとなの　人たちは　しりあいの　人が　いると、おゆを　くんであげっこを　するのが　きまりです。ふたりは、キューピーちゃんを、さげものの　中へ　ねかせておいて、ひとつずつの　お

けへ　おゆを　くんで「おばさま、どうぞ。」と　いって
そばへ　ならべました。おばさまは、

「あらあら、これは　どうもありがとうさま。すみませんね。」と、おじぎを　なさいました。

「どういたしまして。」と、れい子ちゃんが　いいました。

ふたりは、また　ひとつずつ　くんで、おかおを　まっかにしながら、えっさえっさと　かかえて　いきました。

おばさまは、

「あら、もう　けっこうでございます。どうも　ありが

とうさま。すみませんですね。」と　おっしゃいます。
こんどは、きみ子ちゃんが、
「どういたしまして。」と
いいました。ふたりは　なんだか　じぶんたちが、すっかり　頭《あたま》を　そくはつに
でも　ゆった　大きな　女《おんな》の人に　なっているような

きがしました。ふたりとも、とても、しとやかに　たちふるまって、にこりとも　しませんでした。

ふたりは　ながしの　上に　ひざを　たてて　すわりました。れい子ちゃんは　ぬかで　えりを　こすりだしました。きみ子ちゃんは、キューピーちゃんの　からだを、あらいこで　つるつる　あらいながら、おばさまにおゆを　くんであげようと　いいだしたのは　わたしだわと　おもって、ひとりで、とくいになって　いました。

しかし、れい子ちゃんは、やっぱり　ほんとうの　お

ねえさまだけあって、もっと　おねえさまらしいことを
かんがえつきました。れい子ちゃんは、手《て》ぬぐいと、あ
かすりと、シャボンを　もって、おばさまの　ところへ
いきました。
「おばさま、ちょっと　おせなかを　おながし　いたし
ましょう。」と　いいますと、おばさまは　びっくりして、
「いえいえ、もう　けっこうでございます。どうぞ　ど
うぞ。」と　おっしゃいます。
「ごえんりょなんか、どうぞ。」と、れい子ちゃんは、あ

かすりを　手《て》ぬぐいに　くるんで、おばさまの　おせなかを　ごしごし　こすりました。その　おせなかの　はだの　いろは、すこし、うすちゃいろです。たいそうふとって、はばの　ひろい　おせなかです。まん中のところに、大きな　赤《あか》い、おきゅうの　あとが　ふたつならんでいます。なんだか　みても　いたそうなので、そこは　よけて　こすりました。

「はいはい、もう、ありがとうさま。もう　けっこうです。」と、おばさまが、むせるような　こえで　おっしゃ

るので　よしました。そして　手《て》ぬぐいを　ひろげて　ふたつに　たたんで、おばさまの　かたへ　かけて、上から、ざあっと、おけの　ゆを　かけてあげました。おばさまは、うつむきこんで、ていねいに　おれいを　おっしゃいます。れい子ちゃんは、

「どういたしまして。」と　ごあいさつをして、もとのところへ　かえりました。なんだか　じぶんが　すっかり　えらくなったようで、うれしくて、むねが　どきどきしました。

三

まもなく　ふたりとも　あがりました。ゆう日が、おもてがわの　高《たか》まどに　はまった、くもりガラスを　うすぎいろく　そめています。きみ子ちゃんは　キューピーちゃんを　きれいに　ふいてやって　ちゃんちゃんこを　きせました。そして、あせもが　でないように、しろいこなを　ふるかわりに、おしろいを　おでこに　つけてやりました。しかし、キューピーちゃんの　ひたいは、つるつるですから、いくらやっても　つかないで、きみ子ちゃんの　お手《て》が　しろくなるばかりでした。

れい子ちゃんは、大きなタオルを　かたに　ひっかけて、かた手で　うちわを　つかいながら、すましていました。みると、むこうの　かがみに　じぶんの　すがたが　すっかり　うつっています。

と、そこへ、おふろやの　女中《じょちゅう》さんが　おくから　でてきました。いつも、ももわれに　ゆっている、いろのしろい、えくぼの　ある、おとなしい　人です。きょう

は、しろっぽい　ゆかたに、あかい　おびを　しめて、レースの　ついた　エプロンを　かけています。女中《じょちゅう》さんは、

「まあ、おじょうさんがた、おふたりだけで　いらっしゃいましたの？　おえろうございますこと。さあ、冬《ふゆ》やが　おべべを　おきせして　あげましょう。」と、にこにこしながら、ざるを　ひきよせます。ふたりは　びっくりして、

「いいえ、いいのよ。」

「あら、いいのよ。」と　いっしょに　こえを　たてました。女中《じょちゅう》さんは　そんなことは　耳《みみ》へも　いれないように、きみ子ちゃんの　きものを　とりあげて　きせにかかりました。きみ子ちゃんは、

「あらぁ、いいのよう。きょうは　ふたりだけで　きたんだから、いいのよ。」と、くるくる　まわって　にげかけました。女中さんは　かまわず、つかまえて、どんどん　きせてしまいました。れい子ちゃんも　つかまって、むりやりに　きせられました。女中さんは、そのうえに、

じぶんの　くしを　ぬいて、ふたりの　かみまで　なでつけて　くれるのです。そして、
「まあ、おかわいいこと。」
と　ふたりの　おかおをみくらべました。ふたりとも　もう　なきだしそうになっていました。あんなに

おとならしく、えらくなっていたのに、こんなことをされたので、まるで　小さな　女の子《おんなのこ》に　なってしまいました。おふろやの　女中《じょちゅう》さんに　おべべを　きせてもらったりする　おとなが　どこに　あるでしょう。ほんとに　くやしいわと、ふたりとも、そう　おもって、ふくれかえって　たっていました。なんて　おせっかいな女中でしょう。いつもは、すきな　人だと　おもっていたのですが、あんなこと　されたので、その　かおも、ひきがえるみたいに　いやらしく　みえました。

「さ、ころばないで　おかえりなさいまし。」と、とをあけてくれます。これでは　まるで　赤《あか》ちゃんに　なってしまいました。

　ふたりは　そとへ　でると、おもわず　かおを　みあわせました。きみ子ちゃんは、なみだぐんで、いまにも、ああんと　いいそうな　かおを　しています。れい子ちゃんも、ぷりぷりして、のろり　のろり　あるきだしました。

（おわり）

風《かぜ》

寺田《てらだ》宋一《そういち》

とおりの　風《かぜ》と
よこちょうの　風と、
いぬの　せなかで
あいました。

——たかい　マストの　てっぺんで
はたと　ひらひら　まいましょう。
——ひろい　のはらの　まんなかを
ふわり　ふわりと　ゆきましょう。

――月《つき》の　いい　夜《よ》は　ながれましょう。
――虫《むし》や　小鳥《ことり》と　ねむりましょう。
――海《うみ》へ　ゆきましょ、さようなら。
――原《はら》へ　ゆきましょ、さようなら。
いぬの　せなかで
さようなら。

ふうせんだまうり

木《き》内《うち》高音《たかね》

あるところに、きみょうな、ふうせんだまうりの　男《おとこ》が　ありました。その男は、こうえんの　大きな　木の上に　すんでいました。そうして　ひるの　あいだは、町《まち》を　あるきまわっては、青《あお》や　赤《あか》や　みどりや、むらさきや、いろんな　色《いろ》の　ふうせんだまを　うっていました。そうして　ゆうがたに　なると、木の　上の　お家《うち》へ　かえるのでした。

ふうせんうりは、いつも、その　かえり道《みち》で、どんなみせでも　さいしょに　とびこんだ　みせ　一けんだけで、ばんの　しょくじに　たべるものを　かうことにきめていました。ですから、ときどき　みょうなものばかり　かわなければ　ならないことが　ありました。また、ふうせんうりは、じぶんの　しょうばいに　むすび

つけて、なるべく　かるい
しょくじを　することに
していました。で、その
かいものも　たった　二《ふた》し
なと　きめていました。で
すから、その　みせによっ
て、あるときは　キャラメ
ルと　ビスケットだけの
こともありますし、また、

いちじくと　ぶどうだけの　こともあります。また、にんじんと　たまねぎの　だけの　こともあります。しかし　ふうせんうりは、かえって　それを　おもしろがっていました。なんでも　かったものを　ポケットへ　いれると、にこにこしながら、お家《うち》へ　かえりました。その　お家にしている　木と　いうのは　こうえんじゅうで　いっとう　大きく、いっとう　高《たか》い、それは　それは　みごとな　大木《たいぼく》でした。

ふうせんうりは、かえり道《みち》では、いつも　きまって、

口《くち》ぶえを　ふきました。それから、その日に　あった
いいことを　かたっぱしから　かんがえだしてみました。
じぶんの　ふうせんを　かってくれた　かわいい　女《おんな》の
子や、かっぱつな　男《おとこ》の子の　ことなどを　ひとりひと
り　おもいだしました。そうして　口ぶえを　ふきなが
ら、にこにこして　あるいているうちに、ふうせんうり
の　こころは　ひとりでに、だんだんと　かるくなって
いくのでした。れいの　木の　下へ　くるじぶんには、
ふうせんうりは、からだまでも、ふわふわと　かるくな

って、もっている　うれのこりの　ふうせんだまの　力《ちから》で、かるがると　高《たか》い　木の　てっぺんへ　まいあがることが　できるのでした。だから　ふうせんうりは、そんな　高い　木の　上に　すんでいることも　できたのです。そこには、こんもりとした　はの　しげみの　中に、ふっくりとした　しんだいのように　ぐあいよくえだの　はった　ところが　ありました。ふうせんうりは、そこで　つかれた　からだを　よこに　するのです。

　ふうせんうりは、ふうせんだまを　しっかりと　木の

えだへ　むすびつけて、それから　ゆっくりと、かって
きたものを　たべました。どんなものが　ポケットから
でても、おいしい　おいしいと　にこにこして　たべま
した。あおむけに　ねれば　星《ほし》が　ピカピカと　ひかり
ます。ふうせんうりは　うたを　うたったり　口《くち》ぶえを
ふいたりしているうちに、いつも　いいきもちになって
とろとろと　ねいって　しまうのでした。
朝《あさ》は　小鳥《ことり》たちの　こえで　めが　さめます。それか
ら　ふうせんだまを　えだから　ほどいて、りょう手《て》に

はんぶんずつ　わけて　もって　とびおりますと、ふわふわと　かるく　じびたへ　おりることが　できます。
それから　ちかくの　やたいみせへ　いって　朝《あさ》のごはんを　たべると、また　一日じゅう　ふうせんだまを　うっては　あるくのでした。こうして　まい日　まい日が　ぶじに　すんでいました。ところが　あるばんのこと、ふうせんうりは、どうしても　木の　上の　お家《うち》へ　かえることが　できなくなって　しまいました。
いったい　どうしたのでしょうか。これから　その　わ

けを　おはなし　いたしましょう。

その日は、朝《あさ》から　あつくるしくって、しめっぽい風《かぜ》が　ふきまくり、ほこりっぽくって　それは　いやな日でした。だものですから、町《まち》じゅうの　人は、みんないらいらして　おこりっぽく　いじが　わるくなっていました。ふうせんうりは、いつものように　家《うち》へ　かえろうとしても、なにひとつ「いいこと」を　おもいだすことが　できませんでした。小さい　女《おんな》の子は、おかあさんが、青《あお》いのの　かわりに　みどり色《いろ》の　ふうせんを　かったのが　わるいと　いっては　じだんだを　ふんで　なきました。小さな　男《おとこ》の子は、あいての　子が、「ぼくの　ふうせんだまの　ほうが　きみのよか　大きいや」と　いったと　いっては　おこって、その子を　けとばしました。小さな　きょうだいは、おたがいに　ふうせんだまの　うばいあいをして、ふたりとも　ふうせんだまを　空《そら》へ　とばしてしまって　なきました。ほかの　子どもたちも　ひとりとして、いいことを　した

ものは　ありませんでした。
ふうせんうりは、そんなことばかり　おもいかえしている うちに　じぶんもなんだか　はらがたってむかむかしてきました。いつもは　朝《あさ》から　ばんまでにこにこしていた　ふうせんうりが　きょうは　いち

ども　わらったことが　なかったのです。そのうえに、風《かぜ》は　いじわるく　ふうせんだまを　あちこちと　ふきとばそうとします。ふうせんうりは、すっかり　ふきげんになって　しまいました。

おまけに、ふうせんうりは、ばんの　たべものを　かうのに　まちがえて、かなものやへ　とびこんで　しまいました。まえにも　いったとおり、ふうせんうりはさいしょ　はいった　みせより　ほかでは　かいものをしないことに　きめていたのですから　こまりました。

「ええと……くぎを　二ほん　ください。」ふうせんうりは　しかたなしに　そう　いいましたが、きゅうに　おもいなおして、「いや、くぎを　一ぽんと……びょうを一ぽんと。」と　いいました。おなじ　かたい　ばんめしでも、二《ふた》しなの　ほうが　すこしは　ましだろうと　おもったからです。で、それを　ポケットに　いれると、くらい　道《みち》を　力《ちから》なく　とぼとぼと　あるきだしました。

「なにか、おいしいものでも　たべて、げんきを　つけようと　おもっていたのに、くぎを　たべなければ　な

らないとは　なんということだ」。ふうせんうりは　つぶやきました。

木の　下に　きても、星《ほし》は　みえませんでした。ふうせんうりの　こころは、だんだんと　おもたくなってきました。れいの　口《くち》ぶえを　ふくことさえも　できませんでした。だから、いつものように　ふうせんうりのからだは　かるくなっては　くれないのです。いくらじぶんで　とびあがっても、どしんと　おもたい　足《あし》がじびたに　ぶつかるばかしです。ふうせんうりは　くぎ

を　ポケットから　だして
すてました。いくらかでも
からだを　かるくしようと
おもったのです。しかし
おなじことでした。足《あし》は
ぴったりと　じびたに　く
っついたまま　はなれよう
とも　しません。しかたな
しに　ふうせんうりは　木

の　みきを　よじのぼろうと　しました。ところが　みきは　三《み》かかえも　四《よ》かかえもある　ふとさなので、ふうせんうりは　ただ　じびたへ　おっこちて　はなのさきを　うっただけでした。
「えっ、いまいましい。」ふうせんうりは、ぷんぷんしていいました。「こんなことでは、いつまでたっても　家《うち》へ　かえれはしない。ふうせんだまよ、なぜ　もっとつよく　ひっぱらないんだ。この　おれ　ひとりぐらいもちあげて　くれても　よさそうなものだ。」

そこで　ふうせんだまたちは　しにものぐるいになって、ぐいぐいと　ひっぱりました。しかし　ふうせんうりの　からだは　なまりのように　おもたいのです。プスン！　とうとう　いとが　きれて、ふうせんだまは、みんな　ちりぢり　ばらばらに　とんでいって　しまいました。

「ああ、もう　なにもかも　おしまいだ。」そう　いって　ふうせんうりは　からだを　なげだしたまま、じぶんの　頭《あたま》の　けをでも　かきむしるように、そこいらの　草《くさ》を、むしりとっていました。

「そんなことを　していたって　なんにも　なりゃあしないじゃないか。」

そのこえに　おどろいて　みあげると、それは　ふうせんうりと　木《き》の　上《うえ》で　よく　顔《かお》を　みしっている一わの　ふくろうでした。

「じゃあ、どうすれば　いいんだ。」

「ふうせんだまを　さがしに　でかけたら　いいじゃないか。」

「どうして。……さがすなんて　できやしない。」

「いったい、きみは、かえってくるときに、いつもの口《くち》ぶえを　ふかなかった。それが　いけないんだよ。」

「だって　ふきたくないんだ。おもしろくなくって　むしゃくしゃして　なさけなくって　しょうがありゃあしない。」

「なにが　なさけないことが　あるものか。それが　いけないんだ。みんな　きみが　ふきげんに　なったから　おこったんだよ。ふうせんだまを　なくしたのも　家《うち》へ

かえれないのも　みんな。」ふくろうは　いいました。
「さぁ、まず　口《くち》ぶえでも　ふいて　みたまえ。」
ふうせんうりは　おきあがりました。しかし　はじめは、どうしても　口ぶえを　ふこうと　いうきには、なれませんでした。しかし、とうとう　しまいに、よわよわしい　かすかな　音《おと》が　ふうせんうりの　くちびるから　もれでました。それは、じつに　ひんじゃくな　こっけいな　音だったので、もし　ふきげんになって　いなかったら、ふうせんうりは、たぶん　じぶんで　ふき

だして　しまったことでしょう。
ふうせんうりは、もういちど
ふいてみました。こんどは　す
こし　よくなりました。
「だんだん　よくなるじゃあな
いか。」ふくろうが　いいました。
ふうせんうりは　こんどは、
おとくいの　うたを　ひとつ
ふいてみました。すると、すっ

かり　きが　かるくなってきました。

「ばんめしの　かわりに、くぎを　かうなんて　アッハッハ。」ふうせんうりは、とうとう　大きな　こえで　わらってしまいました。

「どうして　これが　おかしくなかったんだろう。」

「アッハッハッハ。」

「アッハッハッハ。」

ふうせんうりと　ふくろうとは　こえを　そろえて　わらいました。それから　ふうせんうりは　ふくろうにてつだってもらって　ふうせんだまを　みんな　ひろいあつめました。
ふうせんうりの　からだは　いつのまにか　かるくなっていたと　みえて、こんどは　らくらくと　木《き》の　上《うえ》へ　かえることが　できました。

それからのち、ふうせんうりは、もう　どんなに　おもしろくないことが　あっても、かえり道《みち》には、きっと　口《くち》ぶえを　ふくことを　わすれなかったそうです。

（おわり）

ぶたの　子《こ》

与《よ》田《だ》準一《じゅんいち》

ぶたの子《こ》は
目《め》が　しょぼしょぼだ、
まばゆそに
日に　てられてる。

はなは　はな
うえを　むいてる。
なんだ、ぷう
わらを　つけてる。

でも、みみは
いいな、ももいろ、
ぴらぴらと
なにか、きいてる。

あたたかで
こやは、からっぽ、
げんげたば、
日に　しなびてる。

まほう

坪田《つぼた》譲治《じょうじ》

「にいちゃん、おやつ。」と、さけんで、三平《さんぺい》が　にわにかけこんで　いきますと、

「ばかっ。だまってろ。いま、おれ、まほうを　つかってる　ところなんだぞ。」

あにの　善太《ぜんた》が　手《て》を　あげて　三平《さんぺい》を　とめました。

「まほう?」

三平は　なんのことだが　わからず、ただ　びっくりしましたが、善太は　大《だい》とくいで　ひげを　ひねるような　まねをして　いいました。

「へん、まほうだぞう」。

「まほうって　なにさ」。

「まほうを　しらないのかい。どうわに　よく　でてくるじゃないか。まほうつかいって　いうのが　あるだろ

う。にんげんを　ひつじに　したり、いぬに　したり、それから　じぶんで　小鳥《ことり》に　なったり、わしに　なったりさ。わしに　なるの　いいなあ。ひこうきのように　空《そら》が　とべるんだ。」
「ふうん、それで　にい

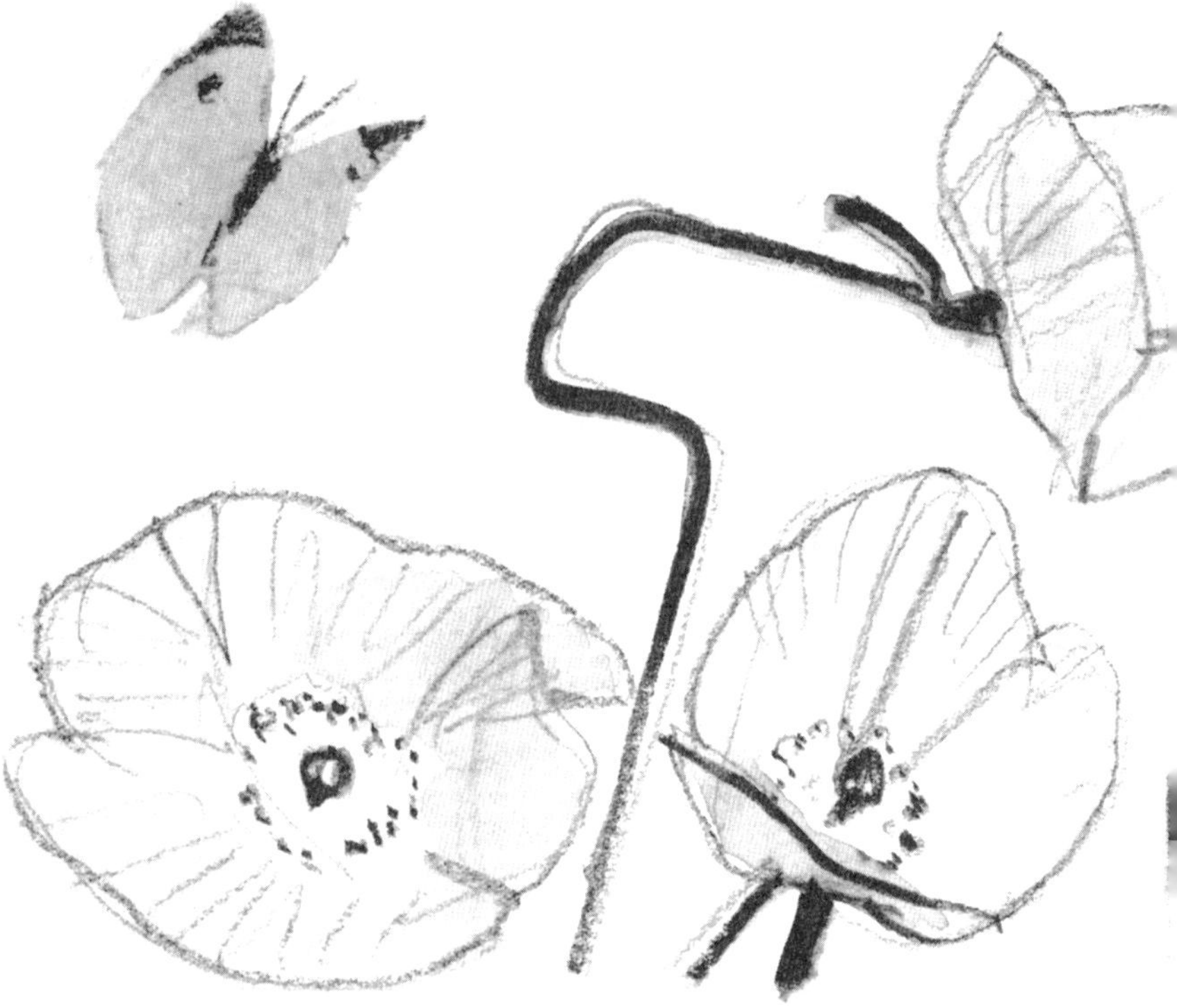

ちゃん、いま　わしに
なるところなの。」
「そうじゃないよ。まあ、
いいから　にいちゃんが
みてる　ほうを　みて
いなさい。」
それで　三平《さんぺい》は　だま
って、日の　しずかに
てっている　にわの　ほ

うを　ながめました。そこには　けしの　花が　さいていました。まっかな　大きな　けしの　花。きいろな小さな　けしの花。白い　白い　けしの花。なん十とならんで　さいていました。

その　花の　上を　一わの　ちょうが　とんでいました。小さな、白い、五せんだまのような　ちょうちょうです。ひらひら、ひらひら。あかい　花の　まわりをとんでいるかと　おもうと、もう　白い　花の　上のほうへ。きいろの　花の　中へ　もぐりこんだかと　おもうと、もう　三メートルも　四メートルも　上の　空《そら》へ　まいあがり　ちらちら、ちらちら。こんどは　はっぱの　中へ　もぐりこんで、どことも　しれず　みえなくなって　しまいます。しかし、また　いつのまにか、どこからかしら　まいでて　くるので　ありました。

「にいちゃん、もう　まほう　つかったの。」

また　三平《さんぺい》が　ききました。

「だまってろ。」

そこで　また　三平は　目《め》の　まえの　ちょうを　な

がめました。ちょうは　いま　けしぼうずの　上に　とまっております。けしの　花《はな》は　うつくしくても、このけしぼうずは　きみのわるいもので　あります。まるで花の　中に　かっぱの　子が　たって　ならんでいるようにおもえます。その　ぼうずの　上で　ちょうちょうは　はねを　ひらいたり　とじたりして　いました。
そこで　三平《さんぺい》は　顔《かお》を　ちかよせて、その　ちょうのはねを　くわしく　みようと　のぞきこみました。そのはねには　ふしぎなことに、まゆげの　ついた、目《め》のよ

113　まほう

うな　もようが　ひとつずつ　きれいに　ついて　いました。

「にいちゃん、ちょうには　はねに　目《め》が　あるのね。」

と、三平《さんぺい》が　いいました。

「ばか。ちょうだって、目は　頭《あたま》に　ついてるよ。」

「だってさ。」

　そういって、三平が　もういちど　顔《かお》を　ちかよせようと　したとき、ちょうは　ひらひらと　まいたって、
三平の　はなや　目の　上を、その　小さな　つばさで

たたくようにして　とんでいきました。三平《さんぺい》が　口《くち》を
あけていたら、その　口の　中へ　はいってしまったか
も　わからないくらいでした。
三平は　おどろいて、顔《かお》を　そむけ、手《て》を　あげて
ちょうを　たたこうと　しましたが、ちょうは　やはり
ひらひら　ひらひらと、みるまに　空《そら》の　上に　のぼり、
それから　どことも　しれず、みえなくなって　しまい
ました。そのとき　はじめて、
「ああ、とうとう　とんでいって　しまった。」と　善《ぜん》

太《た》が　大《おお》いきを　ついて
いいました。しかし、それ
は　なんのことでしょう。
三平《さんぺい》は　ふしぎでならず
また　きいてみました。
「いまのが　まほうなの。」
「そうさあ。」
「ふうん。」と　いったもの
の、やはり　三平には　わ

かりません。
「どうして　まほうなの。」
「わかんない　やつだなあ。」
そう　いってるところへ、
また　さっきの　ちょうが
まいもどってきました。
「しっ。」と　にいちゃんが
いいますので　三平《さんぺい》は　ま
た　だまって　ちょうの

とぶのを　みていました。すると　ちょうは　また　けしぼうずの　上に　とまりました。そこで　三平《さんぺい》は　また　顔《かお》を　ちかよせました。どこに　まほうが　あるのか、よく　みたいと　おもったからであります。しかしちょうの　ほうでは　みられては　こまるのか、はねをいそがしく　ひらいたり　とじたりしたと　おもうと、また　ひらひらと　三平の　顔と　すれすれに　空《そら》へとんでしまいました。すると　善太《ぜんた》が　はなしだしました。

「三平《さんぺい》ちゃん、まほう　おしえてやらあ。」

「うんっ。」

三平は　大よろこびで、にいちゃんの　そばへ　よってきました。

「どうするの。」

「まあ、ききなさい。ぼくね、さっき　ここへ　やってくるとね。けしの　花《はな》が　こんなに　たくさん　さいているだろう。これを　みてると、なんだか、こう　まほうが　つかえそうな　きがして　きたんだよ。それでね、

まず　だいいちに　ちょうを　ここへ　よびよせることに　したんだよ。ね、目《め》を　つぶってさ、ちょうよ、こいって、口《くち》の　うちでいったんだよ。それから、もう　いいかなあと　おもって、目を　あけたら、ちゃんと　ちょうが　きて

花《はな》の　上を　とんでんのさ。」

「ふうん。」

三平《さんぺい》は　かんしんして
しまいました。

「そうかあ。それが　まほうか、目《め》を　つぶって、ちようよ　こいって　いうんだね。なあんだ。ぼくんだって　できらあ。」

これを　きくと、善太《ぜんた》が　わらいだしました。

「だめだい。三平《さんぺい》ちゃんなんかに　できるかい。ぼくなんか、まほうの　はなしを　ずいぶん　よんでいるんだもの。アラビヤン・ナイト、グリムどうわしゅう、アンデルセン、なん十って　しってらあ。しっているからできるんじゃないか。三平ちゃんなんか、なにも　しらないんだろう。」

「いいや　しらなくたって　いいや。目《め》を　つぶって、いいさえすりゃ　いいんだもの。ようし、やろうっ。——

小さい　ちょうちょう、もういちど　でてこうい。こないと、石《いし》　ぶつけるぞう。」
「くるかい、そんな、ことで。ちょうちょう、きちゃだめだぞう。きたら、ぼうで　たたきおとすぞう。」
とうとう　まほうの　けんかになって、ふたりで　こんなことを　さけびあいました。それから　ふたりは、ちょうが　くるか　くるかと　まっていましたが、ちょうは　なかなか　すがたを　みせません。ただ、けしの花《はな》ばかりが　しずかな　日光《にっこう》の　中に　うつくしく　さいているきりです。

「そうらね。にいちゃんが　いうとおりだろう。まほうの　ちょうなんだもの。くるなって　いったら、どんなことが　あっても　きやしない。だって、にんげんがなってんだぞ。だから、にんげんの　ことばが　わかるんだぞ。」

善太《ぜんた》は　とくいになりましたが、三平《さんぺい》は　ききません。

「うそだい。ちょうは　けむしが　なるんじゃないか。」

「うそなもんか。そんなこと　いうと、三平ちゃんだっ

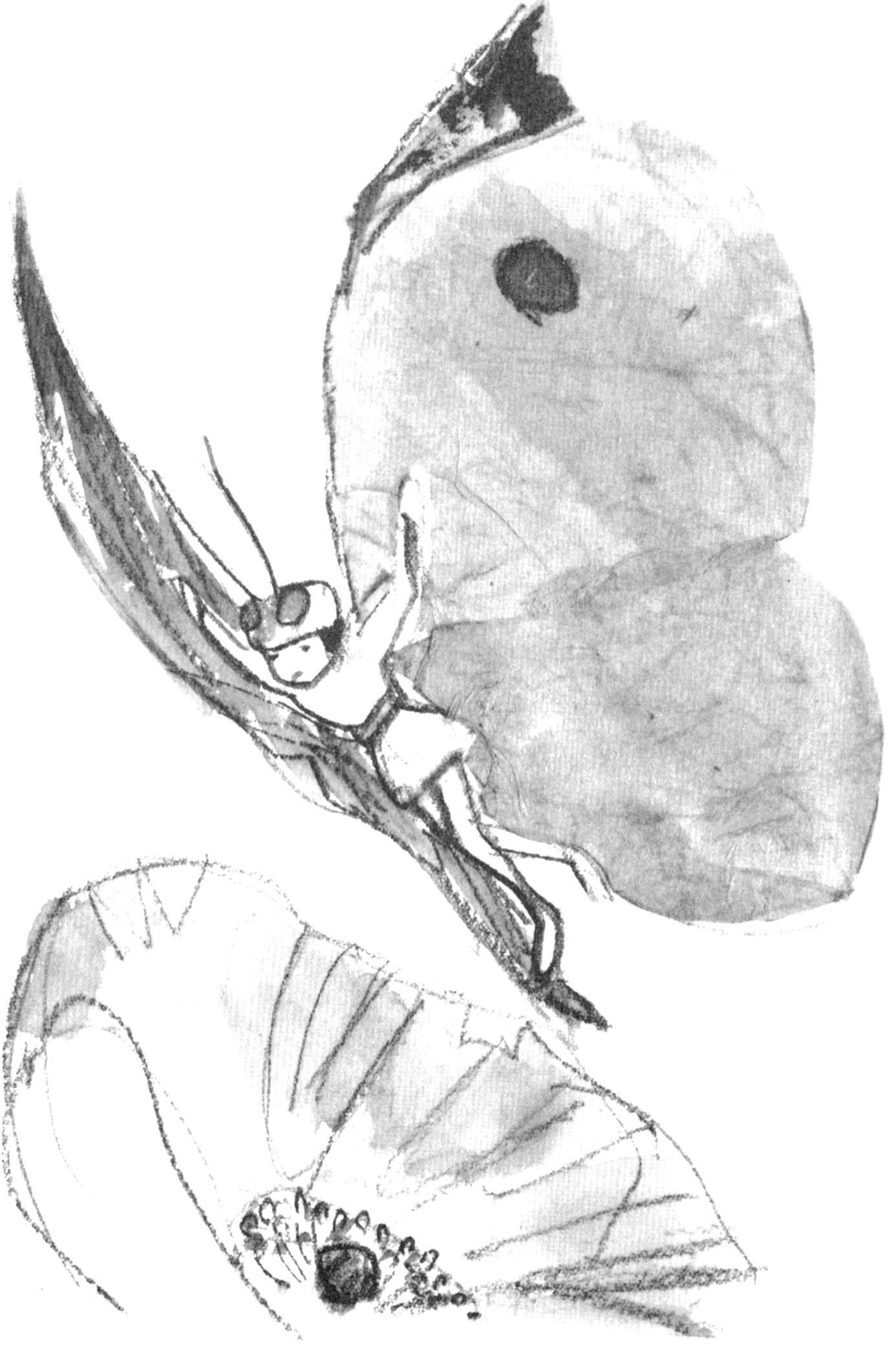

125　まほう

て、すぐ　ちょうに　しっちまうぞ。」
これを　きくと、三平《さんぺい》は　かえって　よろこんでしまいました。
「うん、ちょうに　してよ。すぐ　してよ。ぼく　ちょう　だいすきなんだ。」
こんどは　善太《ぜんた》の　ほうで　こまってしまいました。
そこで　いいました。
「だって　ちょうん　なったら、もう　にんげんに　なれないんだぞ。」

「いいや。空《そら》が　とべるから　いいや。」

「家《うち》になんぞ　かえれないぞ。」

「いいや。とんで　かえってしまうよ。」

「かえったって　だめだ。ちょうだもの。だれも　あいてに　してくれりゃしない。おいだせ、おいだせって、たたきだしてしまうさ。」

「いいや。いいから　ちょうに　してよ。すぐしてよ。」

三平《さんぺい》が　そういって、善太《ぜんた》の　手《て》を　ひっぱっている　ときでありました。かきねの　そとを　ひとりの　ぼう

さんが　とおりかかりました。ぼうさんは　くろい　きものに　きいろい　けさを　かけていました。それをみると　善太《ぜんた》が　小さい　こえで　いいました。

「三平《さんぺい》ちゃん、みな。あすこを　ぼうさんが　いくだろう。ね。あれを　ぼく　いま、ちょうに　してみせるから。」

「うん、すぐして。すぐして　みせてよ。」

「まってろ。まってろ。」

「ならないじゃないか、にいちゃん。はやく　しないと、

あっちへ　いっちゃうじゃないか。」
「いいんだよ。いいんだよ。」
　そう　いってる　あいだに、ぼうさんは　むこうへ　いってしまいました。
「とうとう　いっちゃっ

た。だめだよ、にいちゃんなんか。はやく　しないから　いっちゃったじゃないか。ぼく、にんげんが　ちょうになるところが　みたかったんだ。」

「だって、そりゃ　だめだ。あの人、ちょうに　するって　いったら、おこっちまうだろう。だから、わからないようにして、やるんだ。どこに　いたって　できるんだから、目《め》の　まえに　いない　ほうが　かえって　いいんだよ。」

ちょうど　そういっている　ところでした。一わの

くろあげはが　ひらひらと　風《かぜ》に　のって　とんできました。
「そうらあ、きた、きた。」
善太《ぜんた》が　それを　みて、大きな　こえを　だしました。
「ね、これ、いまの　ぼうさんなんだよ。もう　ちょうになって　とんできちゃった。はやいもんだ。」
これで　三平《さんぺい》も　すこし　ふしぎになってきました。ほんとに、この　あげはの　ちょうと、いまの　ぼうさんと　どこか　にたところが　あるようです。そこで

きいてみました。

「ほんとう、にいちゃん。ほんとに　まほう　つかったの。」

「そうさあ。大《だい》まほうをつかったんだ。」

「ふうん、いつ　つかったの。」

「いまさ。」

「いまって、なにも　しなかったじゃないの。」
「それが　したのさ。三平《さんぺい》ちゃんなんかに　わかんないように　やったんだ。だから　まほうなんだ。」
「ふうん、そうかねえ。」
三平は　すっかり　かんしんして　しまいました。

それから　善太《ぜんた》は　とおる　人ごとに　まほうを　つかって、トンボに　したり、バッタに　したり、せみなんかにまで　してしまいました。じどうしゃを　うんてんしゅごと　まほうに　かけたら、これは　カブトムシになって、かしの木の　えだの　上に　とまりました。うんてんしゅが　いないので　さがしていたら、その　つのの　さきに　あぶらむしのような　小さな　むしがのっかっていたので、それだということに　きめました。せいの　とほうもなく　高《たか》い　チンドンやが　とおったので、それに まほうを かけたら、それは カマキりに なって、いつのまにか、けしの 花《はな》の はっぱの中に ぶらさがっていました。三河屋《みかわや》の こぞうは イナゴにし、にくやの こぞうは ミミズにしてやりました。ところが ミミズにした にくやの こぞうは 土の 中に いるので とうとう さがしだせませんでした。

ふたりは、その カブトムシや カマキリや バッタや トンボを つかまえてきて、えんがわに ぎょうれ

つを　つくらせて　おやつを　たべたべ　あそびました。

ところで、その　よく日《じつ》のことで　ありました。善太《ぜんた》が　学校《がっこう》へ　いくまえに　いいました。

「三平《さんぺい》ちゃん、ぼく　きょう　学校から　まほうを　つかって　かえってくるぞ。」

「ふうん、じゃあ、トンボに　なって　くるの。」

「トンボになんか　なるかい。」

「じゃあ、ちょうが　いいよ。きれいな　きれいな　ちょうちょう。」

137　まほう

「だめだい。ちょうなんか　きらいだよ。」

「じゃあ、なんに　なるの。」

「そうだなあ。ぼく、もしかしたら　つばめに　なるかも　わかんないよ。はやいからねえ。空《そら》を　ひとっとびだ。つうっ。」

善太《ぜんた》は　もう　りょう手《て》を　ひろげて、つばめの　とぶ　まねを　しはじめました。そして　ざしきを　ひとまわりすると　また　いいました。

「もしかしたら、はとだ。白ばと。でんしょばと。パタパタッ、パタパタッ、ひこうきより　はやいんだぞ。」

こんどは　はとの　とぶ　まねをして　ざしきを　まわりました。いちど　まわると　また　いいました。

「でも、家《うち》へ　はいってくるときは　三平《さんぺい》ちゃんに　わかんないように、もんの　とこから　ありに　なってはってくるかも　しれないよ。そして、そうっと　三平ちゃんの　せなかへ　はいあがって、手《て》の　とどかないところを　チクッと　さしてやるんだ。わあ、おもしろいなあ。」

それを　きくと、三平《さんぺい》も
だまって　いません。
「ありなんかなら　なんで
もないや。すぐ　きものを
ぬいで、ゆびで　ひねりつ
ぶして　しまうから。」
「だったら　へびに　なっ
てくる。三平ちゃんが　に
わへ　でるところへ、はっ

ていって、ガブッと　手《て》で
も　足《あし》でも　かみついて
しまうぞ。そうら、へびだ
へびだあ。」
　こんどは　善太《ぜんた》は　へび
のような　まねをして、三《さん》
平《ぺい》を　おいまわしました。
　その日の　ごごのことで
あります。三平は　にわへ

でて、にいちゃんを　まっていました。まほうを　つかって　かえってくると　いうのだから、なにに　なってかえってくるかと、それが　たのしみで、空《そら》の　ほうをみたり、道《みち》の　ほうを　みたり、かしや　ひのきの　しげみの　中を　さがしまわったり、けしの　花《はな》の　中をのぞきこんだり　していました。ちょうが　とびたつと、もしかしたら、それかも　わからないと　おいかけてみたり、道《みち》から　いぬが　かけこんでくると、これも　あやしいと、とらえてみたりしました。

「こら、にいちゃんだろう。ぼくには　わかっているぞう。」

こんなことを　いってみました。しかし、いぬは、ただ　ふしぎそうに　目《め》を　パチクリさせ、なにか　たべものでも　くれるかと、おっぽを　しきりに　ふりたてました。はなしてやると、おおいそぎで　どっかへ　かけてってしまいました。

そのうちに、三平《さんぺい》は　にわの　すみで　デンデンムシを　みつけました。それを　みると、また、もしかした

らと　かんがえて、はなしかけてみました。
「こら、にいちゃんか。もう　にがしっこないぞ」。
そして　それを　とらえると、えんがわへ　もってきて「やり　だせ、つの　だせ」と、いじって　あそびました。いつのまにか　まほうの　ことも　わすれて、だいぶひさしく　あそんでいました。と、げんかんで、にいちゃんの　こえが　しました。かけてってみると、にいちゃんが　くつを　ぬいでいます。
「にいちゃん、まほうは」。

「あっ、まほうか。いま、もんまで 風《かぜ》に なって ふいてきたんだけど、もんから もう やめて はいって きたんだよ。」

しかし にいちゃんが なんだか、くすぐったそうな顔《かお》をして、ニコニコ わらっているので、

「うそだい。」と、三平《さんぺい》は いってしまいました。すると、

「ほんとうは にいちゃん 風《かぜ》なんだよ。それが まほうを つかって にんげんに なったんだよ。」

そんなことを いって、にいちゃんが ハッハッ わ

らうので、　とうとう　うそだということが　わかりました。

「やあい、うそだい　うそだい。」と、三平《さんぺい》が　とびかかっていきました。それで　ふたりは　ざしきで　大《おお》ずもうを　はじめました。

（おわり）

かいせつ　‖先生、ご両親へ‖

わが国での児童文学のみなもとをつくった児童文学雑誌「赤い鳥」は、夏目漱石門《なつめそうせきもん》の逸材《いつざい》、鈴木三重吉《すずきみえきち》が、その小説の筆をたち、また、十年間にわたる教職《きょうしょく》を去った年の大正七年（一九一八）七月に創刊《そうかん》されました。三重吉、三十六歳でした。それから、昭和十一年（一九三六）、五十五歳でなくなるまで、「赤い鳥」の編集と発行のしごとと、童話を書き、作文を指導《しどう》するしごとに努力をつづけました。それは、とちゅう、休刊はありましたが、十八年の長きにわたりました。

ほかの児童雑誌のすべては、商業出版社の発行で、利益《りえき》を目的とするものでした。しかし、「赤い鳥」は、資本家《しほんか》でない、一小説家の三重吉が、利益など度外視《どがいし》して、自著《じちょ》の印税《いんぜい》などをつぎこんで、苦心《くしん》、経営《けいえい》していったのです。「赤い鳥」が純粋《じゅんすい》に、子どものための芸術をつらぬきとおすために持続されたのは、三重吉の熱烈《ねつれつ》な意気地《いきじ》によるものにほかなりません。

その、しごとの意義《いぎ》というのは、そのころ（大正期）の小学校が、子どもたちを、上からのカタにハメこむ教育だったのに対して、下からの、つまり、子どもたちのがわからの、いわば、人間表現にあったことです。今の、いわゆる新教育のみなもとが、三重吉の手によってはじめられていた、ということになります。

「赤い鳥」では、そのころの、カタにハメこむ非人間教育から、日本の子どもたちを、子どもらしい、自然本来のすがたに解《と》きはなったのです。そういう子どもたちの、子どもらしい開放から出発した、そのころのコトバでいえば、芸術自由教育としての「赤い鳥」の運動が、今日では、その、開放《かいほう》された子どもたちを、生き生きとした、あたらしい社会成員としての人間像をめざして、のばし、そだてようという段階《だんかい》になったわけです。

十三巻もの全集まで出した三重吉が、その小説の筆をたち、教職をやめて、「赤い鳥」の発行をつづけたのは、思いつきや、偶然《ぐうぜん》からではなかったということを知っていただきたいのです。教育のしごとにたずさわりながら、文学者として名をあげ、生きつづけたことが、その二つのしごとをやめることによって、教育と、文学と（ひいては、広く、芸術）二つのものを一つの展開《てんかい》として「赤い鳥」の運動をはじめたといえるのです。

いわば、人間検証《けんしょう》（人間の在り方を調べて正確にすること）としての、芸術と教育の雑誌「赤い鳥」を出すようになった、その源泉《げんせん》は、すでに、三重吉が大学を卒業するとすぐに、文学者と教育者の、二つの出発を同時的にしたというところにさぐられるのです。こうして、三重吉は、前にのべたように、雑誌の編集方針から、その内容、また、経営にまで独力でなしつづけたのでした。

この「赤い鳥二年生」におさめた童謡「ぞうさん」の北原白秋は「赤い鳥」の主宰者三重吉の一ばんの協力者でした。毎月、二編以上の新作童謡を発表し、かたわら、大人の創作童謡と、子どもたちの自由詩を指導選稿《しどうせんこう》しつづけました。また、地方童謡（わらべうた）を各地の読者からつのって、整理し選びました。また、童謡、「すずめのたまご」の清水《しみず》たみ子、「風のふく日」の佐藤義美《さとうよしみ》、「ぶたの子」の与田準一《よだじゅんいち》の諸氏は、「赤い鳥」から巣立《すだ》って、現代の児童文学を発展させた詩人です。佐藤義美《さとうよしみ》は、「いぬのおまわりさん」の作詩者で、「佐藤義美全集六巻」があります。この本の編者のひとりである与田氏は「赤い鳥」の編集にもたずさわったことがあります。「与田準一全集六巻」があります。

童謡「金魚うり」の小川未明《おがわみめい》は「赤い鳥」創刊よりも早く、明治期から童話文学の創作をめざして「赤い鳥」にも多くの作品を発表した、日本児童文学の先駆者《せんくしゃ》だということは、ごぞんじのとおりです。

「魔法《まほう》」の坪田譲治《つぼたじょうじ》も、この本の編者のひとりで「赤い鳥」に一ばん多く創作童話を発表しました。この作品は、作者の代表作の一つといえます。芸術院会員となり、一九六三年には、第二の「赤い鳥」をめざして、童話雑誌「びわの実学校」を創刊しました。「ふうせんだまうり」の木内高音《きうちたかね》は「赤い鳥」初期の編集者として三重吉をたすけ、後、中央公論社の編集長となりました。「おふろ」の堤文子《つつみふみこ》は「赤い鳥」にたくさんの作品が掲載《けいさい》されました。堤千代《つつみちよ》という名で文壇《ぶんだん》にも出ました。

（編者）

付記・本巻では、読者対象を考慮し、現代かなづかい、分かち書きをもちい、漢字の使用も制限しました。また、本文には、今日では使用を控えている表記もありますが、作品の歴史的、文学的価値、書かれた時代背景を考慮し、原文どおりとしました。

本巻収載作品の作者で、ご連絡先の不明な方がおられます。ご関係者の方で本巻をお読みになり、お気づきになられましたら、小社までご連絡を頂きたく、お願い申し上げます。

◇新装版学年別赤い鳥◇

赤い鳥２年生

2008年２月23日　新装版第１刷発行

編　　者・赤い鳥の会
発 行 者・小峰紀雄
発 行 所・株式会社**小峰書店**
〒162-0066 東京都新宿区市谷台町4-15
TEL 03-3357-3521　FAX 03-3357-1027
組　　版・株式会社タイプアンドたいぽ
本文印刷・株式会社厚徳社
表紙印刷・株式会社三秀舎
製　　本・小髙製本工業株式会社

NDC918 151p 22cm

ISBN978-4-338-23202-9　落丁・乱丁本はおとりかえいたします。
http://www.komineshoten.co.jp/　　JASRAC 出 0717851-701